老猫 老猫

改编自中国北方童谣

刘腾骞／绘

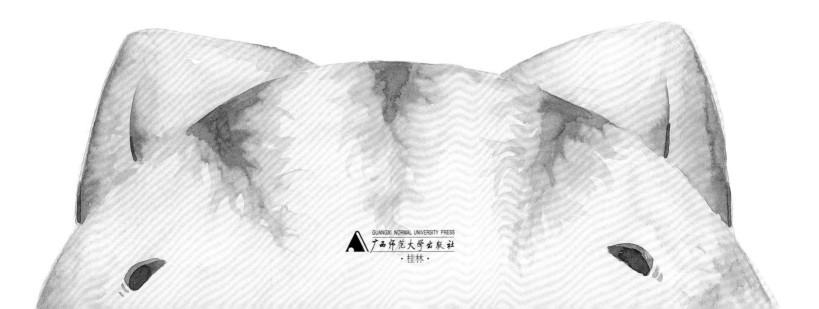

GUANGXI NORMAL UNIVERSITY PRESS
广西师范大学出版社
·桂林·

老猫，老猫，

跳得高，

清晨上树摘蜜桃。

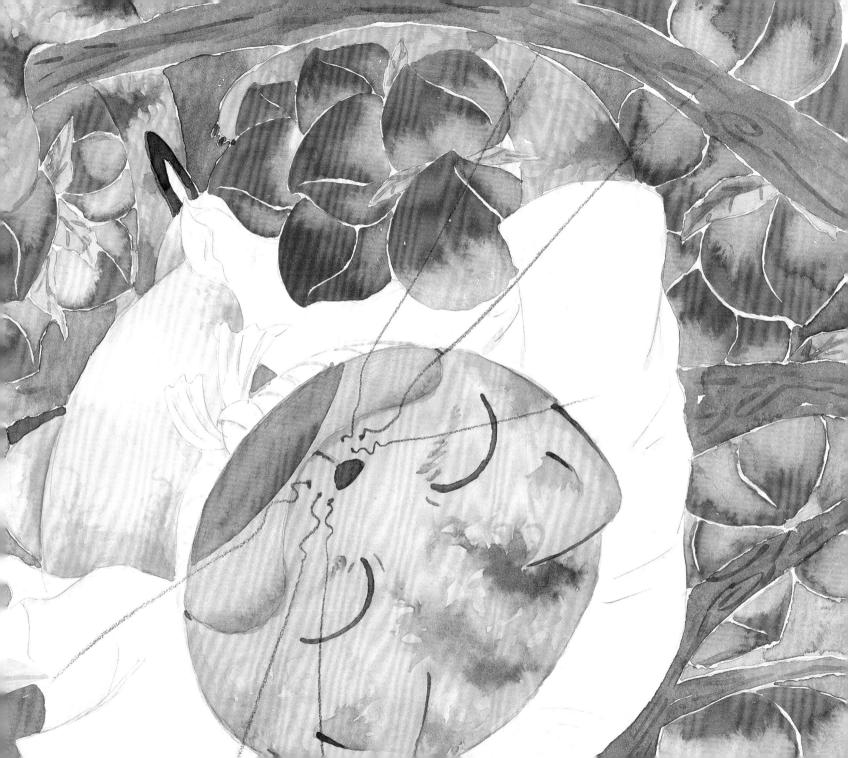

一摘两筐甜又大，
　　送到隔壁老张家。

老张摆手又关门，气得回家睡闷觉。

翻来覆去睡不着，

起来喝水摔了瓢。

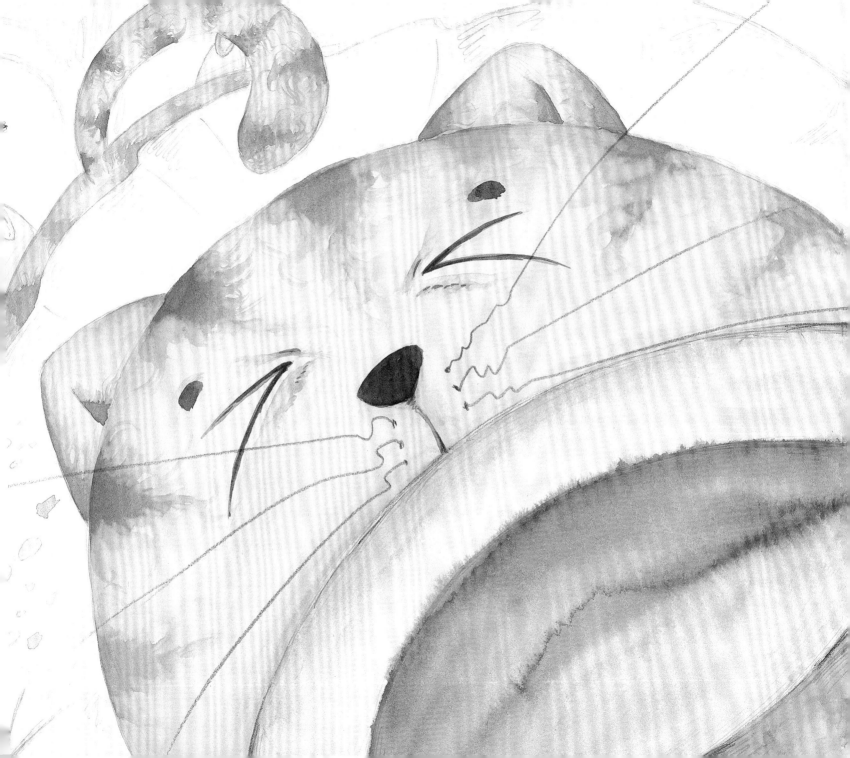

水瓢落地滴溜转，
气得老猫把磨拉。

石磨上下笨又沉，甩手烧火做面汤。

心急烫了一嘴泡，

气得老猫下南坳。

南坳地荒野草密，
　　路边老牛直叹气。

气得老猫打铁去，

用尽力气还不成——

甩开家伙去撞钟。

庙里有个大和尚，
　　拦住老猫不让撞。

高尺三跳一猫走

我不种树不对，

我不种树不对，喜洋洋

辛苦摘——两大

送你们给老张

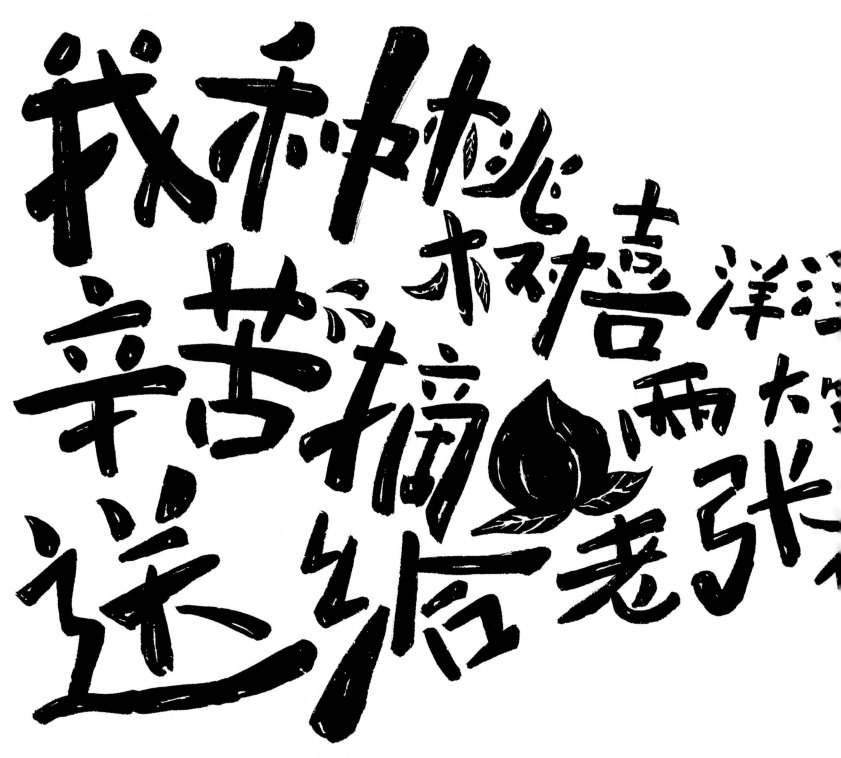

老猫老猫
Laomao Laomao

出 品 人：柳　漾
项目主管：石诗瑶
策划编辑：柳　漾　徐　斌
责任编辑：陈诗艺
助理编辑：石诗瑶
特约编辑：刘　奔　蔡妍丹
责任美编：李　坤
责任技编：李春林

图书在版编目（CIP）数据

老猫老猫／刘腾骞绘. —桂林：广西师范大学出版社，2018.12
（魔法象. 图画书王国）
ISBN 978-7-5598-1261-2

Ⅰ. ①老… Ⅱ. ①刘… Ⅲ. ①儿童故事－图画故事－中国－当代 Ⅳ. ① I287.8

中国版本图书馆 CIP 数据核字（2018）第 234831 号

广西师范大学出版社出版发行
（广西桂林市五里店路 9 号　邮政编码：541004）
（网址：http://www.bbtpress.com）
出版人：张艺兵
全国新华书店经销
北京盛通印刷股份有限公司印刷
（北京经济技术开发区经海三路 18 号　邮政编码：100176）
开本：889 mm × 1 030 mm　1/16
印张：2　　字数：20 千字
2018 年 12 月第 1 版　2018 年 12 月第 1 次印刷
定价：42.80 元